O Bolinha Vai à Praia

Eric Hill

EDITORIAL PRESENÇA

O Papá e eu

vamos levar-te à praia, Bolinha.

Viva!

O Bolinha comprar

MANTENHA
A PRAIA
LIMPA

quer uma coisa...

Tu estraga-lo

com mimos,
Pimpão!

Agarra

a bola!

O Pimpão está a dormir

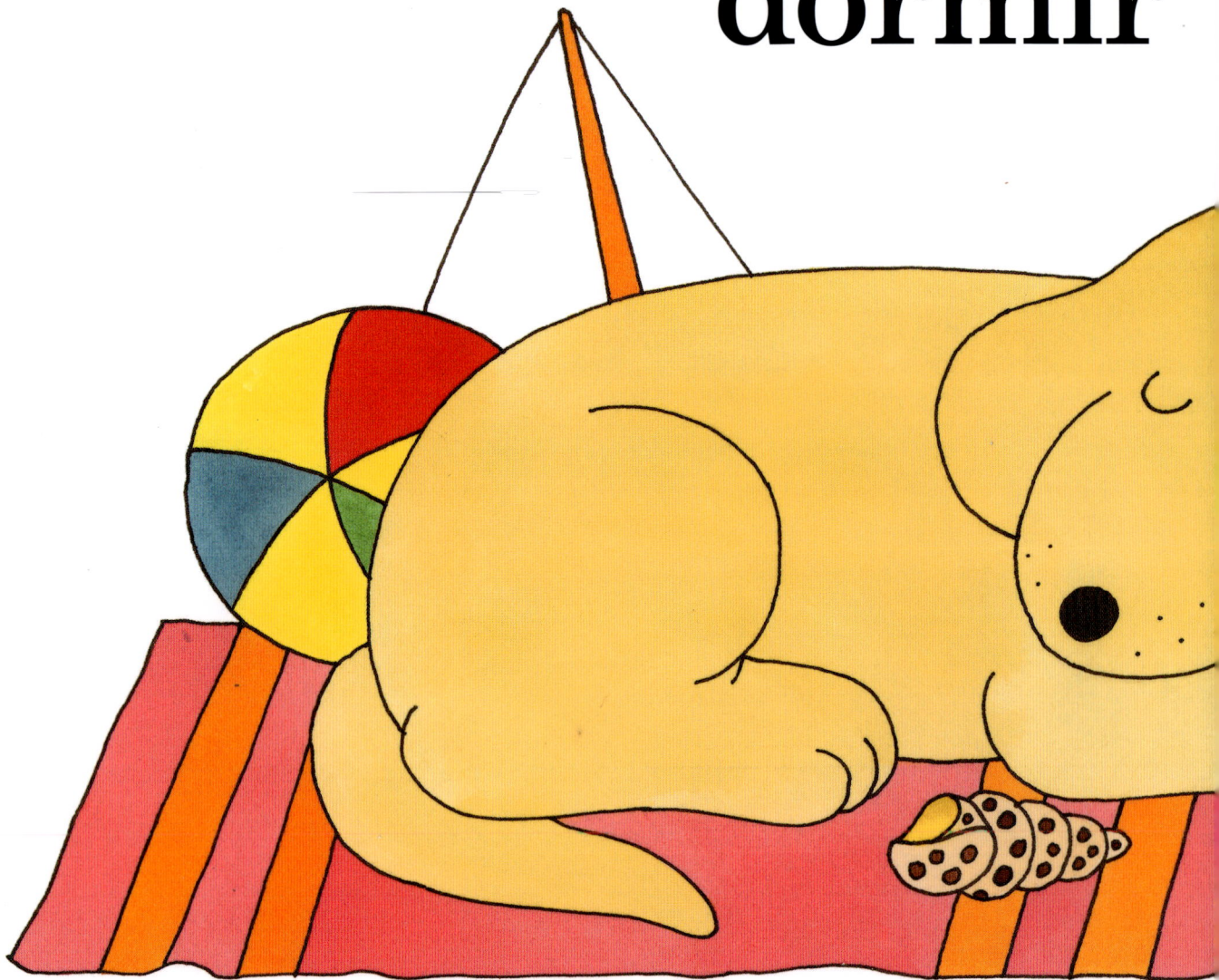

uma
soneca.

O que é que estás a fazer, Bolinha?

Bolinha, onde é que está o teu pai?

Isto é muito divertido.

Olha! Papá! Pesquei um peixe!

Cachorrinho ao mar!

Bolinha, essa toalha

não é tua!

O que é que encontrou

o Bolinha agora?

Anda, Bolinha.

Amanhã podes vir brincar outra vez com a tua amiga!

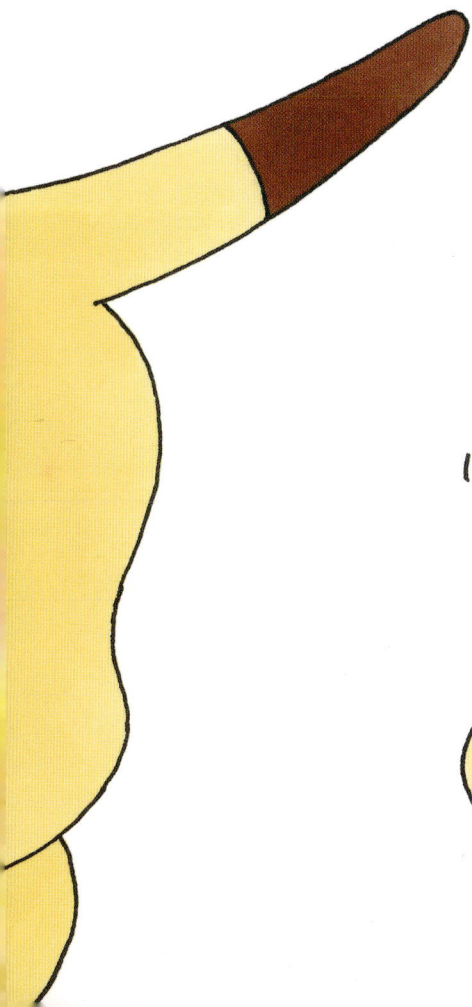

Oh, que bom!

Título original: *Spot Goes on Holiday*
Autor: *Eric Hill*
Copyright © Eric Hill, 1985
Os direitos de Eric Hill como autor desta obra estão certificados conforme o Copyright, Designs and Patents Act, 1988
Todos os direitos reservados
Concebido e produzido por Ventura Publishing Ltd., 80, Strand, London, WC2R 0RL, UK
Tradução © Editorial Presença, Lisboa, 1986
Tradução: *Gisela Moniz*
Composição: *Multitipo — Artes Gráficas, Lda.*
Impressão e acabamento: *China*
1.ª edição, Lisboa, 1986
2.ª edição, Lisboa, 1990
3.ª edição, Lisboa, junho, 2010
4.ª edição, Lisboa, julho, 2015
Depósito legal nº 302 725/09